LOCUS

LOCUS

LOCUS

LOCUS

在時間裡，散步

walk

walk003 **精神病院**

作者　鯨向海
責任編輯　陳郁馨
法律顧問　董安丹律師、顧慕堯律師

出版者　大塊文化出版股份有限公司
台北市105022南京東路四段25號11樓
www.locuspublishing.com
信箱　locus@locuspublishing.com
電話　02.8712.3898
傳真　02.8712.3897
服務專線　0800.006.689

郵撥帳號　18955675
戶名　大塊文化出版股份有限公司

總經銷　大和書報圖書股份有限公司
地址　新北市新莊區五工五路二號
電話　02.8990.2588
傳真　02.2290.1658

初版一刷　2006年3月
二版一刷　2021年8月
二版三刷　2022年12月

定價　新台幣300元
ISBN　978-986-0777-21-5

精神病院

A Mental Home
and other poems

鯨向海

CONTENTS

CONTENTS

CONTENTS

摘下帽子前來相認

——序

等等，那就是我的夢嗎？
風聲呼呼斜過騎樓的帽緣
始終不敢摘下帽子前去相認啊
夢是最後一種用以掩護的鴨舌帽
清醒是我們此類人的天敵

在詩裡，各種對於現實的妄想都可以找到安身之處；「恐怕這不是一般人所能接受的罷？」詩對於瘋狂的包容，和精神病院是一樣的。馬奎斯的短篇小說裡，那個為了借通電話而誤被關入精神病院的旅人，大多數人都是施以毛骨悚然的同情；但從詩的意境來看，我反而露出羨慕眼光，我懷疑為什麼他不會是進入桃花源的武陵人或墜入幽谷的武俠小說主角，從此將有不凡際遇？

如我們總也有不平凡的時刻，那或使精神亢奮，或慾念賁張，或正在逼近那些令人著迷的鬼怪。可能一天可以連寫七八首詩，茶飯不想，上廁所都嫌浪費時間，整個腦袋無間地爆破著，嫌棄自己沒有更多的手指來敲鍵盤。又或臨睡前，把燈一關，就顯現了靈感；開燈，匆匆拿出紙筆記下，躺回床上，又出現了下一個詩句，於是爬起來開燈再寫——這個世界，一瞬間，也恍若精神病院了。一處肆無忌憚，放任想像力與創造力之所在，正是詩歌要追求的；而充滿儀式與規範的精神病院，以仿同宗教的模式來治療不安定的靈魂，亦宛如詩歌——憑藉各種韻腳、節奏與意象的形式鎮壓著詩人的激情暴烈，使其優雅、安頓。

相對於彼幻想中永恆完美的健康境界而言，每首詩差不多都是有病的。唯有讀者們，那些具有良好安撫技巧以及訓練有素的同理心的治療家，可以使詩人們病得更加無所畏懼。然而，總不免有些讀者，咫尺天涯，只能讀到表面的部分；相反的，也必然會有那樣的神秘讀者，甚至一生僅只一次，和詩人彼此互有治療者和被治療者的精神動力關係——曾有一臉色羞紅，潛水已久，最後終於忍不住出面的讀者這樣回覆了我的徵友佈告：「你為何對狐狸和鬼怪如此著迷？我想也許是因為它們置外生死，卻可以保持美好的狀態（這實在是一種延續青春的好方法啊）；同時卻也保有死亡的美好，一種絕對穩定的冰涼，不過因為是鬼，所以無肉身，不腐朽，保存著死亡與逝去漂亮的一面。」也有讀者透過網路留言，說他在旗鹽山狩獵山豬，每次看到他的獵物之前，都要先讀一頁我的詩句，然後才有力量去通緝他的山豬；此處他所說的類心理治療效應，當然完全是象徵性的；我讀了會心一笑，這是他企圖用他自己的方式，告訴我他如何從我的詩集獲益。

另一個與我關係撩亂的創作朋友，則認為我已經達到了生命中最燦爛的狀態，他以慣於諷刺的口吻預言我出完這本詩集之後，將再也寫不出任何一首堪以匹敵的詩了。詩人不會一直都是詩人，詩人可能突然變為商人，成了壞人，或者變成了老人。他因此極力爭取替我寫序，我揣想，他或許暗地希望製造出我這本貌似青春後期的終結版詩集，有一種獨獨奉獻給他的假象。迷離氤氳，遮遮掩掩的詩境，導致每個人都會覺得我正寫著他們。我無法以小說故事或其他方式描繪我對他們的愛恨，許是因為還學不會虛構病症，總太坦白面對自身的隱疾了？寫詩對我而言，一直是年少所為，最誠實之事。

我欣賞的導演金基德在他的自傳裡說：「我喜歡讀的唯一的東西是時事雜誌。因為我對人物、事件以及真實很感興趣。但我不讀那些將這些事件再生產為小說或者詩歌的東西。」似乎他並不喜歡讀詩。這時代很多傑出的，即使是藝術人物，都不讀詩；那可能因為他們帶著某種舊記憶，來自於他們求學時代的課堂經驗，或者是某次在書店中翻閱詩集，造成的心理的永久傷害（但願他們不是讀了我的詩使然）。我反而覺得，整個時代如雲煙背景，詩意是唯一真實。阿肥，我的愛貓，我最崇拜的詩人之一，必然也同意我的。儘管牠從來不讀我的詩，但是牠直接趴在我的詩集上；我最好的詩企圖模仿牠睡著的模樣。

涉足擅長以面目嚴峻的統計學表決大多數爭議的醫學領域甚久，我更加在意那些憑著直覺與想像就能夠決定的事情。詩不需要依賴任何科學流程去檢驗，更不用提供信賴區間、平均數或叢林圖。讀詩的時候，你就是唯一的神，也沒有人會因你而傷亡。我相信潔淨自然的詩歌就如初雪，不可勉強；在電腦前煎熬十幾個小時寫出來的東西不是詩歌，那僅僅是苦痛的塵埃罷了，甚至及不上一個精神病患盡情向你表達妄想時的快樂。有些寫詩者平常個性隨和，然而一談到自己的詩，就像是刺蝟遇到了攻擊一般，神情肅穆，具有高度的防禦性——強求別人來喜歡你的詩歌，也是不必要的。出詩集這樣的事情，簡而言之就是你放了一個自己的創造物，到每個你今生可能從未去過或者從未想像過的書櫥中或者房間枕頭上；重點是，讀者他們必須是心甘情願的。

較之現代科技的瘋狂遞變，詩集的態勢是堅定永恆的。像是南極的皇帝企鵝千萬年來，不曾改變他們在極地沿海與內陸冰原間來回奔波，禁食於零下四十度，時速兩百五十公里的冰風暴中，雙腳賣力平衡站立孵育牠們下一代的儀式。我深知我的詩即使有若干價值也不會在此刻顯現，因為大家的年紀都太接近了，也都太忙碌了。既要忙著自己的創作，又要忙著自己的工作，實在很少有人可以耐心坐下來體會詩意。此外，我們總是奔波於各式各樣的應酬之間，有時候是被迫，有時是為了詩的社會公益；我們總是急於見到那些寫詩的人，更甚於好好研讀他們的詩，這個時代的氛圍似乎是這樣的。詩集的處境，有時更像是座落在荒郊野外的一座精神病院。

不同於我上一本編年體般注重時光的通緝之物，而今呈現在讀者眼前的這本詩集，沒有任何時間的限制。這裡除了從未發表過的詩，甚至也出現了更早於上一本詩集的作品；另外，有些詩已經遭改頭換面，不可辨識，完全和當初發表時不同了。某些讀者對於我喜好修改詩作的善變個性感到相當無奈（我畢竟還是有所「勉強」），出詩集對於我和我寫的詩來說都是一種解脫。畢竟我們每人每天都必得要錯過一些什麼，有機會回頭的話，或者再相愛吧。Leonard Cohen的詩句：「我夢見我夢了一千年／以便演練／這驚異神奇的七天」；鯨向海他自己的詩句也這麼寫：

關於幸福
我已經想得太多
隨便一隻無頭蒼蠅都可以
比我幸福。

如今頭顱已斷，精神瀰漫，或者可以幸福了。

二〇〇六・一・廿八

送一束花

以握劍的姿勢

當那人

那人再也不能回報你

斷頭詩

關於愛你
我已經想得太多
但願我可以像一個無頭騎士
那樣愛你。

關於幸福
我已經想得太多
隨便一隻無頭蒼蠅都可以
比我幸福。

車過東港不老橋

思念如水鳥飛撲微笑寬闊的水灣
又輪到做同一個夢的季節
千里迢迢趕赴不老橋
以黃昏蒙面
以星星作掩護
時間是一個微笑的強盜

但現在是另一場大病
當我們變得脆弱
想要回到從前
再次闖入某些夜晚溫暖的瞬間

不要給他機會
不要讓他整理你的行李
時間開始微笑了

煞車聲猛然將遠方的月光驚醒
青春太完美了
每個人都忍不住對他撒謊
從兩方面
沿途和他相互對搶
變老和變憂鬱
是這麼傷心的事情

千里迢迢來到不老橋
幾段秘密交往中的戀情
靈魂錯過的渡口

被製成夢，被製成淚水
彼此忘記是多麼不容易啊
落葉轉眼又要積滿車頂
我們都沒有達成心願
時間是一個微笑的強盜

記雨中的畢業典禮

我只是想要跟你說
一切還是有希望的，儘管
為著我們是如此的朋友
我只能告訴你
連我自己也不確定的這些
但大雨終於降下來了，雨便是這樣
夾在許多詩歌和髒話的中間
似乎有些永恆
可以就這麼滴中衰朽的手掌
失去光和熱的，曾經那麼溫和的臉孔
因此彷彿願意再次相信
依舊有人在遠方，永不放棄地
尋找著我們的下落。

你是那種比較強的風

關於傾盆的離別
滿街落葉與光照漸短的規則
即使我不斷追著往事
也不再遇見你了
你是那種比較強的風
我的靈魂依附在上面
是那麼容易散落

鴨舌帽

鳥高飛在天上
影子仍要落回地面
我撿起我的鴨舌帽
面臨不得不低頭的人生
劍水蚤有盔甲，天使有光環
鏡前就是用鴨舌帽
為自己加冕的硬漢
偶然看見遠方有人引燃
一雙同樣燭光數的眼神，默默跟上了
接下來的招式
等等，那就是我的夢嗎？
風聲呼呼斜過騎樓的帽緣
始終不敢摘下帽子前去相認啊
夢是最後一種用以掩護的鴨舌帽
清醒是我們此類人的天敵

懷人

我常幻想走在秋天的路上
一抬頭就看見你
巨大，而且懾人的美麗
不斷落下
卻又沒有一片要擊中我的意思

鑰匙

鎖孔中的鑰匙
自己又寂寞地
轉動了起來

那曾經把鑰匙插入我胸前的人哪
嗶嗶剝剝的灰燼
你可曾聽仔細？

出現過的一個世界
再不能開啟

冬天被鬍渣掩埋
憂鬱超前雨季進度
電影院裡的人生令人難堪

臉色上鎖的女孩們

站牌下孤寂無處可去
記者先生攔住我
快樂說它們並不快樂

有時落葉來掛號
有時是受傷的一陣風
紅色的鳥在救護車頂上飛繞
聽診器對腑臟說
一整天的收訊都很糟

我的快樂需要人提醒

這城市到處垂掛著塑膠袋
像被使用過度的夢想
我的悲傷經不起考驗
屋子裡每一個細節都是鯨魚
有人攜帶海洋離去之後
我的快樂需要人提醒
習慣蹲坐在百貨公司門口
和一隻野狗

比較下午的長度
我的悲傷經不起考驗
夜深在一本小說中
靜靜度過了
自己的一生
我的快樂需要人提醒
街角汗水蒸騰的白馬王子
通常沒空低頭
撿拾遺失的童話
我的悲傷經不起考驗
馬戲團裡
卻有大象笨重倒立
感動你的心
我的快樂需要人提醒
丟銅板，靈魂旋轉

輕輕復重重
在第三面停下來
有什麼進入幽冥
我的悲傷經不起考驗
從天橋上往下看，抑鬱滂沱
連腳底被踐踏的泥水
也產生了逃生意志
而我的快樂……
大概是上輩子的煙火吧
就像黑夜的真氣散去時
我的悲傷……
是電腦前，一個令人屏息的世界

早餐

窗外雨景被沖泡出來
感動是即溶的
電磁爐前數秒
純白色的馬群靜靜騰空
幸福已經來到並且安放其中
沒有人為此流血
沒有建築物因而炸毀
過去和未來的事
降落成桌椅之間的觀光客
在日常的美樂地，你真相信的話
神會恩賜青銅和水晶的質地
每每淚水滂沱撞壞安全島
拉下車窗
苦笑著揮揮手：
「只是一首好詩，沒事沒事。」

與算命師和談

如你所料
這命，穿梭於大氣之間
天使的翅膀
偶然朝我燦爛一指
鬱卒華麗地齊聚於額頂
竟擴散為輝煌中帶衰的一生

這命，要的是什麼？
而我要的更多
莫非諸神詛咒了我的天賦
但我會用它們來愛人

這命啊，一代代流傳
為了剷除層巒疊嶂的掌紋

那些勞累的詩歌
無用但是有效

於戰死之前
城堡上空的星星鎮夜閃爍……
這命啊，是我的命
你算不準的

幾則決心兼及致意

／我很懷念

探頭呼吸的感覺
澄藍的海面
一架大鋼琴
太陽有最多根的手指
人魚對著所有邁開大步的風帆
熱情唱歌了
他們不管
有沒有俊美的詩人經過
世界是不是
掩護在一個童話之中

／發射前

對於光的想像
擱置在吧台上
白色的紗簾不斷翻動
捨下全部的翅羽
或者我也可以飛離這裡

／請容我再次致意

為了那些可笑的事物
依然深陷在暗夜的電話亭裡
不懈更換著夢的
我心深處的超人啊

／強盜的山谷裡

我們的田園詩又被侵襲
周遭的淚水都流動著
好害羞。
這些日子以來的嘔吐物
很難接。
到底有多少人
即將在下一個坑洞
和摯愛告別？
喂喂，情況再糟
就讓我們是
大浪中堅持到
最後一片峭壁的身體

／空無一人這片沙灘

依然賣力地
踏出了美麗的腳印
無盡的浪濤後面
到底有沒有
觀眾呢
偶爾也請拍拍手吧

都知道了。

有過一個愛人
感動時牽手
幸福時擁抱
災難來臨時，更熱烈地親吻
然後……
你們都知道了。

常常想起
他允許我可以愛他那時候
上山的路仍然下著冬雨
我們為彼此撐傘
以為從此
不會再濕透了

但是……
你們都知道了。

我們是經過了那麼多的試探
終於停止萬古長夜的折磨
卻也是同一雙救援的手
發出了同樣的聲音
驅逐我如焚化一具
全然陌生的屍體
飛蛾是多麼痛恨那些火啊
可惜……
你們都知道了。

愚人節的夜晚
不能再回到當時的初戀

這麼多年來
說服著自己
那不過是一種惡作劇罷了
此後，每當有人用各種邪惡手段
驚嚇我的時候
我都不會再恐懼了
因為……
你們想必已經知道了。

悲傷的時刻
一再地來臨
整座城市隨時要撤走
我們被迫逃往遠方星球
無法再回到自己的內心

這時遠方正燃起閃電

雷聲震死臨陣脫逃的海浪
我悄悄往乾燥處縮成一個寫詩的人
大筆一刺，將雨收伏進詩中
成了一個八劃的字

偉大的塚

——史前文化博物館感覺

那是關於一個距離現在
一萬年前的房間裡
我們如何閃躲過幢幢戰祭的遺址
與巨石文化的幽靈撞個正著
他們蹲聚在人們雙肩之上
不斷害你我流淚打著噴嚏
你解釋說那會寫詩的塵埃
我們都是其中看不見的一粒
這鳥隱龍藏的時代
萬物的新磁場使我們漂浮閒晃
多希望像那些史前人類
隨手丟棄的海鮮殘渣
安安靜靜成就了

今日宏偉的貝塚
「儘管向著更強更刺眼的光前進」
你拍拍我的肩膀說（那些幽靈趁機啄了你一口）
啊，所有至今無解的謎
沿著嶙峋的時光隧道來此投石問路
「哈啾！」不斷害我們同時打著噴嚏
落下幾滴辛酸
而我們永遠不能知道
在距離一萬年後的另一個房間裡
我們微小的淚水是否也將變成化石
也可以成就一座偉大的塚

有貓來回穿梭的四則

1・雖然我不是貓

——致新室友

不知道你喜不喜歡我
愛翹腳，伸懶腰，偶爾
胡思亂想
發出簡訊的歡樂？

想必你會奇怪我
總是不顧一切
攀岩——於鍵盤之上
為了狩獵靈感的蝴蝶？

或者你也欣賞我

午後趴在陽台，光身，無武裝
僅著一副毛髮
闖蕩夏日？

也許我們一下床就得決鬥於廁所
向晚爭奪看得到對面房間的窗口
共用一塊肥皂拂拭身體和鬍渣
淚水與夢，不小心出現
在同一面鏡子裡……

我那麼喜歡你簡便的行李
容易抵達，安頓
然後開始愛人

2·寫給阿肥

親愛的阿肥
悠悠綿亙在鏡頭中央
你又打起盹來了（即使無ＤＪ為你播放夜曲）
像是與整個時代呼應著
我喜歡你個人對於「睏」
獨特優雅的擺放方式

越來越顯赫的阿肥，你的好身材
是再也藏不住了
我們總是為所愛的人消瘦

為一些不相干的憤慨枯槁
但你是願意替我胖的

少年維特的阿肥，春天到了
於屋頂上張望，在花堆裡打滾
四野飄飛著你的毛髮與滿腔好奇……
你再叫，我也要跟著你往下跳了

再怎樣偉大的文明輪替
也撼動不了阿肥
繼承自先祖們的丰姿
我羨慕你做一隻獸的原則：
在微風的午後瞇著瞳孔
與嘴邊的鬍鬚們和諧共處

3．他們是貓

唉，他們是貓
就坐在那裡
精準無比，與我互傳簡訊
交換著現實背面發生的事情

在億萬年演化的大浪巨濤之中
便如各駛一葉小舟
我們遺傳了不同的基因

他們說要睡就睡了
在他們心愛的坐墊上，靜好的窗台邊，淵停嶽峙

他們睡了，誰也尋不著他們的夢

專家們說
他們是絕對不會出於盲目的忠誠
和貧困的我廝守在一起的
他們果然不曾學我
妄想在夢中作詩
他們大概也不至於
笨到去悔恨那些往事

看他們在月光下
輕輕搧動耳朵，滑動鬍鬚
專心一致狩獵著他們的瞌睡
像是虎又像是霧……
唉，像是我所失去的一切

4・隱貓之物

貓就是貓，無論
怎樣被隱瞞的貓
（像那些到處藏著十字架的宗教畫）
都肯為了魚冒險

那些酒館與KTV裡
險峻低迴的
聽起來都像是貓的歌鳴

也許牠們有時就是你
匍匐於黑暗底，有所意會的眼神

彷彿已對這荒誕的世界無所期待
某些假日，突然打來幾道神秘的光線
以為自己凌亂的情緒
跟隨牠的身體蜷成了一團毛球
終於得到了撫摸，那種原諒

世人多熱衷於裝富
我們獨愛扮窮
一人一貓而已，磨磨蹭蹭
相互呼喚、擁抱
在這首大詩裡誠實地
遮風避雨

居家隔離。夜食

屋頂破漏
咳嗽有雨
噗通
胸腔猶有幻覺
之魚翻身，游近
暗夜中的額頂
就讓窗口昏黃的小燈
守衛著我們
不敢再上升
一刻度的溫暖
咳咳咳
其實你是那隻肺炎的夜鶯我知道

奮力的喉嚨
為了與天地間
暗雲湧動的大型管樂共鳴
繼續聽見遠方警笛
隨月光汗水征征
滴入桌上的熱湯熱湯
之間有時我們不免想像
咳出一陣輕煙
輕煙一般逃逸

夜襲山中小屋

今晚又是神秘恐怖
身邊充滿了怪物
「很久很久以前……」
深山裡的盛情
來不及乾杯
天空劈下第一道閃電

怪物喔長什麼樣的
就要啟程
手被牽起，火光相映
想像力的圍爐
鬆軟易行

我們嘲笑著
發抖的戰友

但感覺毛茸茸的
就是自己

怪物不管我們，部署已畢
邁開大步，飛天而起
穿梭在「救命啊」之間——
怪物也有怪物偉大的傳統
與使命

我在國民中學的課堂遇見你

我在國民中學的課堂遇見你
復古小圓眼鏡、短西裝頭
髮油滴滴黏在腦門上
你那直達天聽的喉音猶在為我們讚嘆：
「靜極了，這朝來水溶溶的大道，只遠處牛奶車的鈴聲，
點綴這個周遭的沉默……」
周遭是五千年未有之變局
你大聲疾呼：「我衝入這黑茫茫的荒野。
累壞了，累壞了我胯下的牲口，
那明星還不出現；——
明星還不出現」
端坐聖殿的知識份子們
侷促不安
「你記得也好，最好你忘掉」
當你擅自飛離了詩歌

成為撞機身亡的男子
是你帶走了天寧寺的禮懺聲
人們再也忘不掉

我膽敢忘了你的時候
已經到處潮湧著超現實和後現代的信徒了
「二〇年代新詩最優美的音色
也不過如此。」
寫詩的人們齊聚在你的塚前
有的跺腳，有的吐沫
「假如我是一朵雪花，
翩翩的在半空裡瀟洒，
我一定認清我的方向——
飛揚，飛揚，飛揚，——」
整個時代是令人墜毀的意象

巨霧飄忽的維特日子
寂寞在詩句裡
急著長大
無數時間的戰馬從胯下奔馳而去
「輕輕的我走了，／正如我輕輕的來」
有人質問：
這樣的詩
如何帶領我們穿越兇險的沙場？

多年後，我再讀你
人間四月天已經滿滿照亮ＫＴＶ地下鐵
無論多少陽光砸下來
再也難以砸到一個讀詩者
突然我確實明白了
那年，在康橋，

為何你對著冉冉漸翳的金光
真的跪下了
那快活的靈魂，晚鐘撼動黃昏，那麼久了，
彷彿還在那裡迴響。
扮演你的那個男子高聲為我們朗誦
「我不知道風
是在哪一個方向吹——」
同學們有人蹙眉，有人噁爛
有人卻為你架設了網站
當你從翡冷翠山居晴好的五月向晚
上網連線
「你不妨搖曳著一頭的蓬草；
不妨縱容你滿腮的苔蘚」
卻請不要大吃一驚
進站畫面裡

和你站在一起那個
連你都不認識的林徽音

與其他的孤獨交通

——致最年輕的魔法師群

往往我們其中一人
出奇不意
把劍矢刺入醜惡的額頭
變出了美麗的獨角獸

我和我的弟兄們

不曾神秘
不曾不可理解
所有的一切在您抵達以前
早已經發生

沒有人能夠倖免
所謂夢和情詩和對不起
都是易碎品

幾個男人的夏天

幾個男人的夏天
穿著內褲走來走去
在更多時候
其實不穿

忽然就走進A片裡
但太在意
那些人的SIZE

顛沛流離又到了色情網站
有些姿勢想做
已經無法做得特別

抬頭望見大衛像
苦惱著如何爬上去

奪回那些三頭肌

卻夢見一條急湍的肉體之河
在岸邊孤獨地
長出魚尾紋
莫非存在一些解釋

捷運裡有人穿著細肩帶
坦蕩蕩就坐在對面
膨脹起來的感覺
甚至甘願立刻死去
莫非這是另外一些

幾個男人的夏天
擁擠不堪

大家各自做了許多事
卻都是一樣的事

和你一起去賞鯨

1

我們的身體在旅途中相互碰撞
小小的船艙
無法讓我們繼續成長
船身幾乎要被撞離航道
有人來查驗我們的票
你已經離開
夢不知去向

2

夏日之盛
我和海
水鶇和鯨魚
你和微微起伏的胸膛

3

靈魂不知覺被曬傷
寂寞如海豚躍出海面
激動心底的聲響
海風極輕極輕
為我撫摸你的胸膛

4

你已在陽光裡安睡了
四肢更加黝黑
水流強勁的珊瑚礁峽谷
海鳥飛過你的背脊
海用一種澎湃的眼神注視你
浪花與沈船一同粉碎

5

你已在黑夜來臨前安睡了
荒野聳立於我的四周
星光點點吻著你的鬍渣
如一隻海鷗緊貼海面飛行
我望著你

6

賞鯨人潮全散去了
留下我一個人
孤單單還在海中央

黃昏的海
陽光的墳場

男生宿舍

洗澡途中他突然說呃
我蹲在馬桶上很想說嗨

兩個光著屁股的男人
就這樣隔著一道牆壁感知了彼此

感知了彼此身體的孔洞
孔洞裡恆常有什麼在流出

啊請不要再放屁了
不要再假裝男高音

洗澡途中他突然說媽的
我蹲在馬桶上很幹但是大不出來

憶王子

革命前夕
我再不存有任何幻想了
冬日那座城堡
是俊美的殘骸
再壯碩的葉子都凋零了
但我要為你保存我的鬍子

哈哈哈……
嘿嘿嘿……
以歡笑為訊的傳令兵
卻來自悲傷的指揮中心
所有硬拗出來的公主

注定都是無法留下指紋的
但我要為你保存我的擁抱

你儘管選擇那不存在的噴火龍
作你冥想的兄弟
你在黑暗中露齒一笑
便構成了整個童話的主題——
從前從前，卻有這樣一個人
（一開始就再不存有任何幻想了）
願為你永遠永遠
保存他無瑕的淚滴

你是永遠不再來的

是你曾帶我去過，那許多美好所在
歲月危危欲墜的獨木橋上，你我是迎面相撞的月光
在黑暗中領略了彼此的想法
朋友，此時此刻，我能燒什麼給你？
這世界已經很久沒有為你俊美的魂魄震動
那枯坐一個下午就是風雨就是雷電的日子
世界上只有兩種男孩
不是煙消雲散，就是引火自燃
如果我們能夠再回到
那些把拳頭揮向空中，不斷尋找海洋的盛夏
窗外飛過是鋼鐵的翅膀，革命之鳥

你要我重新為你點燃什麼？
在無人的夢中醒轉，子彈四處掃射
我多麼想重新
尋回你，被積雪覆蓋的，這些年的心事
那些受凍的馬尾松，森林線上和你一起走過的行跡
然而我們卻終究彼此錯過了
此去一到盡頭，清晨的陽光依舊美好
閉上眼睛
你是永遠不再來的
二十歲，詩般的壯烈

猛男情結

在健身房
像個革命軍
願一天比一天雄壯
有些行動不好不壞
恰恰自覺了一個
並不偉大的身體

我們的城堡就聳立在闊背肌之間
曬陽機裡化銅成鐵
四野皆是酸痛的坦克
在肉身的草葉上
拼了命彰顯那些汗水

這一役如此壯烈
在健身房

脂肪埋葬的地方
胡思亂想一種偉大的國度
無敵鐵金剛們並列降落
脫去衣衫如美景公開
不要成為照片裡唯一沒有胸肌的
夢早已棄人不顧

怎麼知道我們
或許會快樂或許更悲傷
一陣風倏忽吹過
困頓操勞
這一生的肥與瘦
或者也真的
只是路過

男孩團體

因為他有好看的喉結
我剛好也有
於是我們一起加入了
男孩團體

男孩團體，拉下拉鍊
小便斗前立正站好
情書錯字連篇，汗水飛身灌籃
皆不可避免
引起莫名的尖叫

一罐啤酒，就可以是
傷心的港口

兩根煙相互借火點頭
還是難以溝通……「幹！」
是唯一的問候

然而，我們的確
已經努力對看過
哥兒倆脫光上身，趴在欄杆上
整個青春期最美好的骨架
為了展示那些肌肉
已經堅硬
且適於攀爬

突然墜落的黃昏
發覺有人把我投擲出去
每天被投擲出去
青春被投擲出去

那些島嶼就這樣轟然陸沈
冒雨划著橡皮艇

起初以為是夢，是傾聽不到的潮浪

一直到當我呼喊
而你浮出海面

遙遠的讀者辛巴達

今夜你的海浪
睡了沒？
我這裡已有一千首海妖的歌
修練成句
你知道
即使礁岩們的肌肉
也是練出來的
這世界上沒有一件事情
可以不努力

夜泳

海神的胳肢窩下
一群流浪漢壯倦地睡著了

月光滲入泳褲之中
水面下魚的眼睛驚疑不定

目睹一整個海岸潮湧卻無槳
骨骼肌之間陰鬱密布卻無雨

各種能想到的姿勢已經游過
仍甩不開的

一種遍體鱗傷的熱氣
驚鴻一瞥我們各自溺斃
又過了一夜又一夜
夢裡激情繼續侵蝕我們的生活

當雨水落進樹林

當雨水落進樹林
不要讓花葉的聲響
輕易感動我們的耳膜

不如在用散步的速度
將靈魂搬出肉體時
隨時間震盪那雲霧深處
優美的音喉

用一截半朽的枯木支撐這身軀
穿一雙長草的鞋子來走路
在某些神經電位的躍動下
這一輩子，會比坐著駿馬前進還輕快

還有什麼可怕呢？

雨下得很久，水氣因過度飽和
產生了魂魄
但願出生時就穿著榮光的雨衣
一直被呵護到死

溫度大概十幾度
當春日的情意碰觸身體時
雖然喝過酒，但夢會比較清醒
有點冷

山的那邊，太陽

已經露出了「一切都必須有所決定」的氣勢
轉頭看看剛剛走過的，下過很多雨的路

有那麼一瞬間，覺得可以回去了
淚水停了，情感也不再流動
因為雲還很多
也不能篤定，心底漸漸散開的
就是晴天

無聊落雨暝

想起彼當時　走過鍍銀的山徑
月光留下疤痕　初戀情綿綿
啊　稀疏幾根枯枝　未凍放忘記
整個盛夏　沿溪結冰的思想
卡想也是伊

啊　未凍放忘記
一堆落葉和另一堆落葉之間

無法辨識的臉孔
阮只有點著煙　一支又一支
山低風冷　滲入臟器
把所有悲傷激發至殘暴的境地

啊　未凍放忘記
持續在無人的夢境　慘遭詩的追逐
無聊落雨暝　雨水落未離
直接墜毀在你的窗前
引阮心稀微

開刀房

走了那麼深長的路
我們終於抵達開刀房
透明的冰河
繼續在空氣中緩緩移行
喀喀幾聲，諸神轉動鎖匙
公開血肉的祕密

沿途風景、行李和愛皆安靜地
浸潤在雪水中
親友們瑟縮在爐火旁用聖歌
為我們燃燒受凍的額頭
靈魂與詩的蜂群
不斷撲打著病的天空

一路舟車勞頓

而今終於來到了手術刀下
生命線在無力的手掌騰湧、消散
諸神與魔鬼躬身站立兩旁
昏迷前，要人們記得最好的容顏
記得永不停歇的思想

在開刀房，
厚厚的冰層斷裂開來
不可知的遠方
隱隱有雷之胎動
傳來耕作的聲響

精神病院

哈囉，天氣真好
昨夜夢中割腕
順利否？
那些外星人離開
屋頂沒？
你今天還是
觀世音菩薩的淨水瓶
轉世啊？
憂鬱時候
就這樣輪流探望窗外巨大的魚缸
舉起路人的手
大家一起來呼口號：「呃⋯⋯。」
吸塵器花費一整個下午
把整個房間清空之後
想著用什麼方法把自己也吸走

當獨角獸走過面前
就把牠們的角拔起來
當作麥克風
各地送來的花籃
使這裡成了假日花市
下次一起
當總統好吧？
ByeBye，
記得乖乖吃藥
噓，你不覺得可憐的主治醫生
不知道他自己
有病嗎？

溫泉記

——冬日北投瀧乃湯大眾浴池浸泡有感

鬥豔之城啊，夢想腰酸背疼
相邀來此脫褲
青苔濕滑，魚鳥安歇
袒露彼此最隱密的痣
迎風的那卡西伊呀呀一陣陣
領會女巫煲湯的魔術
百年歲月，將石壁磨平
時代啊，黨派啊，貧富胖與瘦
通通消散在雲水的上面

我的守護神啊

我看見今天你在人潮中
穿著學生服
蹲在站牌下，拒抽二手煙，喃喃讀詩
這城市
藍天，白雲，大便味
在春天的窗口用眼神與我造愛
有些愁苦，悶在洞穴裡面
你始終不忍心告訴我

籠子 The Cage

在市中心的籠子裡放生球●
T恤在飛○從汗水中游走●
大規模的垮褲○極短襪
正正經經抄截彼此的夢●
那些落日○罰球……未進
那些靜夜●月光犯滿離場
Hiphop，NBA和寂寞○
三對三鬥牛●
我是說○
當夢想深埋如鴕鳥的頭●
一切都只剩下了一座籠子○

我是說●當有人屌屌地
胯下運球○背後傳球●
感覺帥氣再一次逆光○
穿越大寒樂土●我是說
如果我也能夠○組織一支奇幻球隊●
隨機邀請一陣夜風●一點星光○
在市中心的籠子裡放生球●

那高懸黑暗中的籃框○
請祂們為我●自由地命中⊙

註：如市民大道和林森北路交叉口等處的籃球場，狀如鐵籠，故稱。
又The Cage也是紐約布魯克林街頭籃球聖地。

我要到達的武俠境界

這世界不為我們所具備
我有我要到達的武俠境界

我每天練習著武打動作
在武俠小說中
尋找失蹤多年的掌門人

這麼些年，電視上的武俠片
只捧紅了一處叫做客棧的地方
和一個姓店名小二的傢伙
刀光劍影，咻咻咻咻
外星人和電腦動畫一起
飛過頭頂

世間還有什麼不平？

千幫萬派的江湖
擠在一道公寓長梯
曾經重傷日月的掌法
而今在舊書攤行乞

當夢為我跌落深谷
一夜之間，練成了絕世武功
我應該空降在哪一個城市呢

即使身在窗外浮現的這座島嶼上
也永遠無法跟他們
說出我的位置

我有我到達過的武俠境界
輕功使我飛得太遠

如歌瀰漫

據說你跟別人說我喜歡你
我聽到了笑得很響亮然後開始難過
怎麼會被猜到了
怎麼所有的頸子，終於都要遇到刀子？
這一生的SIZE太大所以常常需要戀情
一場「我愛你」、「你不愛我」的花瓣落盡
這條路直直通過時代的心臟
在車子裡我們塗滿防曬油
專注於那些血肉的光影
輪胎碾過之後，突然想打電話給某些人
某些特別容易愛上然後忘記的人
「到時記得找我一起去喔」
一下子過了大半輩子
前座的冷氣始終吹不到後座
戴著墨鏡我們驅車直奔遠方

每段一夜情都在床上以「遜」為主題發展了各種咒罵語
電線桿有人貼上「神憎恨色情」
車爛路遠到處是積水和測速照相機
我們其實更憎恨神
抵達之前讓我們再擲幾把骰子
你說有人跟你說我喜歡他
天氣真是太好了晚霞幾乎要爆裂開來
剛升起的月色宛如
一顆內部已經腐爛的大白菜
就這樣露宿在藏寶圖上未曾標示之處
所有的一切
最後都要跟著時間一起下沈
愛情是一隻長生不老的保麗龍
雄踞在遠方海面
性幻想如歌瀰漫

滅頂的瞬間

我是要活下去的
那隻鳥已經替我死去
死得比我更渺小，更無所謂
絕望的窗邊，引入光線和鮮花
照亮了死亡的想法
一個又一個優美飽滿的早晨
我為自己敲碎那些不吭聲的蛋
死後，我的花瓶就空了

我是要活下來的，而且必得如此
我的派對一向缺乏客人
甚至無憂傷困惑的鬼魂們定期造訪
您是不死的了，小說裡
已經有人代替您去死，按照您的意願
可以在愛人心中，時光來去的月台
永遠寬慰地散步了；
最後，再按照您的意願
一切回到緩緩步入激流的畫面
惟，我是要活下來的

——電影《時時刻刻》觀後。

春天的時候我加入軍隊

春天的時候我加入軍隊
雄壯威武躺在床上
這裡是不會有人來吻我了

夏天的時候我加入軍隊
手榴彈每成功投出一顆
就被炸毀一些

秋天的時候我加入軍隊
遠方的候鳥是另一個部隊
只有他們聽懂我的號令

冬天的時候我加入軍隊
立正稍息直到髮上霜雪
無人能再把我辨識出來

起床之後冰冷的世界

起床之後冰冷的世界
和溫暖的夢衝突
平常心掉進馬桶，深秋裡光線不通了
幸福變得如此骯髒
晨間新聞中一列積雪的歐洲特快車
朝正面撞來的鏡頭，突然就溢出了淚水
那是地球盡頭另外一個我
拿著牙刷與天空的野雁對望

我雖長期無翅假寐

於鍵盤的孤頂

一旦開啟視窗
也為你能橫越千萬里

忠心守候在螢幕的微光底下
等你上線
即時送出一個笑臉
是我目前做過最好的事

秋日長征。序

秋天來了
我們也不要再逗留
順著床的這邊
不斷向外走

被踐踏過的靈魂都會
不知覺朝古老的下水道走去
但我們不要再想了
怎樣能更深入這個時代

落葉大多數
煩惱地躺在紅磚道上

有人也開始注意到
總有些候鳥
自然而然地振翅飛行

遍野隨著心意
皆是夢境
如此如此
我們知道這是秋天了
知道無需再逗留。

原來是有人

陽光已經重現
小小的胸膛，壯闊迎風
又看見無憂無慮
鞦韆般用力向前飛的童年
上學途中我孤身一人
但大聲唱著
在每一個夢的開頭
另有抱負

你看那山巔的雲朵
只能繼續移動
海面上湧現無數的船隻
卻從未留下行蹤
人生途中我注定孤身一人
但此刻我深知有人愛我
突然間
感覺全然不同

躺平之後熄燈

鮭魚游進沙拉裡
早晨的第一杯紅酒正上方
鴿子還在飛翔

我們曾是那麼集中精神在走路
走進天靈蓋以北，風雷隱隱的方向
行程表上有沈默的隊伍
於棋盤正中央
回頭看見巨大的手掌
整座城市不知不覺間崩解
今天倒向明天的必然性
多風的午後又將被撕去

開著敞篷車我們的夢直奔南方
這麼多骯髒的河流流過腳下

我們已厭倦一切
這麼多歌聲穿出雲霄穿過美，難以言喻

將要長眠了
將要躺在這冰冷的土地上
像一張被火化的藏寶圖
神燈朽爛，魔鏡沙啞
老去的傑克在夜裡
自己砍斷那棵巨大的豌豆

總該有些東西是留在心底的
總該有些東西是時間奪不走的

復仇術

他說：
「不要再打電話來了。」
此後，花費長長的一生
想要忘記他的命令。

夏天的蕈狀雲轟炸這城市的時候
走到街角
想像所有的冰淇淋都排著隊
跟在我後頭

路過自殺者的公寓
我騰空浮起潛入他們的窗戶
力大無窮抱走全部的瓦斯桶

年輕人紛紛假裝昏睡的公車上

我站在那些辛苦懷孕女人的身旁
替他們懷一陣子小孩減輕重量

午後的夢飄洋過海
一群良善的螞蟻
抬著我遊行
時間的大神
將恩賜我
更強大的能量：

失戀隔日，報紙傳來
叛變者皆已被外星人帶走的消息

霜降

夏天過後，風雨吹落地
熱氣不再運行
天星照山頂

船隻和水霧各就各位
路燈青青，看顧著胸前的飄浪
昔日的港都離開戀情千里遠
繼續帶走青春的人影

一隻海豚從黑夜的海洋躍起
無人出手將孤單接住
黃昏蜷曲成一條薄命的手巾
守護最後幾滴純情的目屎

過節

我打開鏽蝕的記憶
是朋友來信問候：你過得好嗎？
我也不知道。
我每天固定工作，太陽固定起床
薪水固定我的衣著飲食，就像
以前，教科書的規格固定
考試的答案。
我過得好嗎？
看電視特別容易傻笑
躺在單人床上特別容易迷路
紅磚路上容易踩傷白日夢，
就像以前闖進愛情幽暗的鼠蹊
被慾望擦痛的窘境。
我過得好嗎？
我的手還是會想觸摸那些事

我的腳還是跨向那些地方
我的喉結還是只周旋某些辭令
我的臉還是越來越像某些討厭的傢伙
像山群在冬天其實也畏冷
卻以霜雪苦候溫暖的腳印。
我過得好嗎？過就這樣過了
在預支了太多燃燒不得不
熄滅的時刻，在所有童年的魔法
都猝然失效的時刻
過就這樣過了
時間殲滅這個世紀
我被迫往下一個遷徙，但就
這樣過了，維持一顆蘋果
在靜物畫裡的位置
像一片哽住的烏雲雖想離去

從這首詩只能飄進下一首詩的雨季。
「你過得好嗎？」
朋友我終究不敢反問你
你是我過得最好的時光裡
最最溫暖的一個場景。

那日遇見的鵝卵石

靜靜的林間如此輕盈
水聲彷彿也有翅膀

多年以前，不知是那個前輩
擊中山壁的肚腹
留下幾個青苔的掌印

遠遠看見蓬頭髮的野獸
原來是一個詩人

無數的陽光正在垂釣
風在樹上睡著了

是你大步走過來，心情不好
忿忿地把我們拾起

拋遠——
（老實說，你的臂力有待檢討）
那也沒什麼
（只不過是三天寫不出詩罷了）
我們的專長原是
翻個身
就可以再曬一萬年

Dear OO：

這裡的巧遇多麼魔術
大霧中所有的湖面
全然與我們達到了和諧
啊，如果此刻突然放出鴿子
如果此時突然結成冰雹

最最隱私的所在
永遠只出現了那麼一次

卻**使我們終生變得色情**

你的XX

神隱之物

總有一天宵禁會解除
銅像們伸完懶腰打起呵欠
城市像是珠寶盒一般被掀開
圓環成為陽光的倉庫

總有一天純白色的獨角獸
會散步過初戀的校園
不老的溫泉
沖走皮膚上累積的季節
亞當終於碰到上帝的指尖

總有一天神秘的捷運
會載我們到發光的海面上
內心裡的吶喊
成為眾人暢談的詩歌

島嶼們在遠方
與浪濤和解

總有一天草地上的紙飛機
會自己起飛

恐龍在電影裡安靜地睡著
落葉們的比賽會分出勝負
神隱的孩童成為嚮導
他們的夢遊比整個世界
更加壯闊

瘋狂和優美之巔

——再致某精神病院

在瘋狂和優美之巔
臨時起意，爬了過去
窗外的天氣像是病情一樣坦誠
卻忍不住要叫喊
回不來了就待在長廊上
共扶一個傾斜的下午
在陽光照耀中，一閃而逝
使自己深不見底

一些孤獨冰冷的夢
純粹是我的狗
不想和你們的貓交談
在淚水裡飄盪著，割腕流浪著
用同樣的感動
把詩句唸到最響
每每還差一個句子，臨時起意
又跨了過去
在瘋狂和優美的盡頭
有些人回來
就變成最好的詩人

你不能判斷那是狂喜或是厭煩

從彼到此，從亮到暗
有些很華麗容易暈眩
或者太薄弱不能察覺
早晨出門轉身命中一個吻
黃昏海上的火球要滾向何處
呼拉圈在身上搖
棒球在場邊飛繞
電子無限渺小的自旋

星雲在宇宙深處龐然公轉
上帝轉動攝影機偷拍眾生
一顆露珠在荷葉中心靜坐不動
旋轉木馬上待久了，小孩會漸漸長大
樂透的號碼球暴動不休，夢卻漸漸耗弱
旋轉鞋架，旋轉方向盤，旋轉式電動刮鬍刀
電風扇葉繼續找尋著終點的漫漫長夜
感情太多軸心
生活是一種不斷滾落的茫然
不知道要繞著誰轉

有鬼

寒露時節
了斷了一部鬼電影
發現自己就是鬼
眼角垂掛蜘蛛網
臟腑深處，燭火騰空而飛
環顧屋內幢幢形影
其實皆為同一人

於是想起了年前在魂魄的大堤
海上的王船滿載死去的親戚
想起了去歲在繁華的大都
過路人紛紛被大霧
砍斷了頭顱

這用陽光、空氣和水

建造起來的陽間
肌理分明層層交壘
出一條條深邃的畜生道
我在其中屢屢被迫
拋擲自己的骸骨
尋找神秘的
金剛質地

今日又逢月破大耗
秋天的風聲吶喊搖動
獸之毛髮禽之翅羽
為我助興

打開九千層的血肉
打開九千層的地獄

每當神最脆弱的時候
我就回來

比幸福更頑強

枝椏間的一隻蜘蛛鎮日編織
我羨慕牠的專心
羨慕牠並不需要我的羨慕
忽來一場大雨眼看
要打斷我們今天的進度
牠瞬間接過了雨絲
無私地繼續織了下去

雙人跳水決賽

——致怕高者以及怕高的本身

這一天終於來到
是傳說中的那一天
攀至峰頂那個心願
突然就決定往下跳——
你跳，我也就跟著跳了

世界從來沒有
這樣聳立過
陣陣飛瀑、落石
季節更迭，人心思變
深夢靜流
於幽微無瑕的水花之間

唯我們赤裸於半空
抱膝翻轉三周半

屈體向後反轉二周半
任憑髮鬚飛散，骨節喀喀交響
峰巒與潮浪的肌理
相互想像——

釋放了
心底的鳥獸

愛情馬戲團

年輕就是
愛情的馬戲團
老鼠和南瓜一起排排坐
初戀的故事像是一粒灰塵轉眼不見為你表演
連西班牙蒼蠅都勇敢地為你跳火圈
年輕就是
雙腳倒勾在吊環上的日子
每一個空中飛來的愛人哪
都嗯嗯啊啊好害羞很難接
年輕就是
一吹口哨你就穿著泳褲往下跳
拍拍手就把你從另一頂帽子拎出來
經常鞠躬問候人生百態各位觀眾
為了愛你何嘗不願意
翻一輩子的跟斗

我知道你是另一個寂寞的人
哀悼這個時代
難過完了
就出現在我的夢裡那個街角
陽光最集中的地方
善良的男孩都在那裡

順利長出喉結

到了那個遙遠的城市
也許終於能夠痊癒吧
我答應他們：
「一定早去早回。」

我們內心渴望的戰爭

我在鍵盤的城堡上觀戰
於一片血光之中尋找玫瑰
每一天都有精銳盡出的感傷

滑鈕帶來了軍隊，游標指向寶藏
暗雲湧動的螢幕深處空無一物
卻有不朽？
做為一個偉大的戰士
和平使我困惑了

我們內心渴望的戰爭
並非常常有
在青銅般古老的黎明中
絢爛建造的雄壯帝國
往往覆滅於一次無心的搖桿下

就像那些用掉的子彈
如此華麗陰森
也像那些用掉的時間——

在落日之前
我們永遠不會再回到這場戰役了
一切都因當機而更加壯烈

變成了一隻鬼之後

今晚
我們歡迎孤魂野鬼前來暢談
養生之道
請問變成了一隻鬼之後
要怎麼繼續保養身體呢？
常常騰空浮起
有助於鍛鍊肌肉
偶爾穿牆而過
有助於新陳代謝
勤於複習自己的死亡證明

在上面寫詩或者插畫
即使到了陰司地府
也要繼續追趕青春粗壯的腳步
趕上最後一班幽靈馬車
思慕沒死的那人不眠不休
啊。死去比活著遠遠
更耗費體力

請假寫詩

經過了那麼久
終於確定
應該請假寫詩。

寫詩是神性的勞動
那些思想的煙火
在半空中辛勤鍊字
照亮最底層
不可見人之事

彷彿加入
想像力的黑社會
中彈之後

仍要繼續跳舞

每每於風聲
把頭顱吹脹的美麗下午
枯坐在房間裡
我的哀思與愧疚
一瞬間也感覺到
生長的力量

但我的詩無疑是
厭惡著我的
經過了那麼久以後
用盡全部的情感
終於確定
應該辭職寫詩。

以後會注意

——對於那些遠去的小事，依然深溺地懷念著，以後會注意。

日夜有時，困惑此瞬間
寒冬孵化之前
嗔痴多一點陽光的錯覺
又來到必經之路
世界在腳下翻覆
沿著熱天的超商，雨夜市
也曾
搜尋到天使的倉儲

青春不老橋終端
落日與汽車旅館
慢慢習慣了下沈
黑壓壓的遊行隊伍
只跟蹤
唯一一個身影

那些羞於啟齒
卻常常使用的快樂
流星雨和電影院
屢屢因一滴淚水
而敗北

當生活決心彰顯
牠的真相
某濕答答的清晨
一位用舊夢裹著的流浪漢
繼續專心和這城市
諸多漆黑的犯罪
搶奪電
那些跛足人
最後到底是如何

飛上天的呢？

撲克牌
突然被抽出來的時刻
彩虹如神的吸管，靜靜
戳入遠方海面
電腦前一致
令人沮喪的隱喻：
「這個程式執行的作業無效，即將關閉……」

指縫張開，烏雲散去
轟隆迴響的內心
浪花與唾沫
皆不再回來

有秋天抵達的幾則

秋天到了
白雲又流浪回原點
失去關懷的樹枝上
許多懸宕的心
已經結成隱密的果實

秋天到了
連陽台上那隻趴睡的貓
也能輕易捕獲落花的意境

秋天到了
捷運車廂裡突然睡醒某個星球的人
把窗戶移往有馴鹿的方向

秋天到了

月光像一件行李
運抵寂寞的夜晚

秋天到了
在陶瓷般的映照中
攲斜著臉孔
秋天不會嫌棄我的衰老

而秋天到了
秋天想要寫的詩
不需要特效

交換之物

然而交換眼淚
也是要交換眼屎的
交換戒指之後
終究是要交換冥紙
交換上帝同時
也不得不交換魔鬼
如果就這麼任憑時間
把肉體換掉
靈魂彼此交換了毀傷
然而也是無法知覺
睡覺時儘管
能夠換得了一時的夢境
然而心中的吶喊
永遠無法交換

精壯、裸裎、登峰造極的古銅色動物
不斷出入浴室
彷彿起義前

各式武器激動人心

無聲的泡沫從隔壁
依偎至腳底
沒有留下心事
又繼續往另一個人的方向去了
那是最親密的一瞬間

寫過的詩
都靜靜消散
夢想好像還在，其實沒有

深山感覺

通過向晚天色伸出的台灣肖楠上
兩隻松鼠舉高了毛茸茸的尾巴，沒有言語
山桐子在風中鮮紅欲滴
靜候大霧的啄食

整個秋日在此深得要碰觸到詩的地方
所有的思緒都被稀釋了

濃濃的睏意沈澱在小木屋裡
一直到床沿的高度
黑枕藍鶲薄荷涼的歌音終於穿透了那朵雲杉

夢像一顆松果跌入了霧浪之中
對窗外的世界呵一口暖氣
連心安靜下來的聲音也無需聽見

我們才發現
此生這是第一次真正地睡著

結實纍纍的夏日

結實纍纍的夏日
垂吊午後的眉睫之間
轉眼，滿地砂石
像是叫我明白
無人能浸足於
同一個下午兩次

結實纍纍的夏日
颼颼落下
為了敲響誰的胸膛呢
我戴著鋼盔，枯坐樹下
砲彈穿越光絲網
彷彿穿越了自己的果肉
不斷撲擊到地面（似有緊急軍情）
在咚一聲後

又陷入完全的靜寂

結實纍纍的夏日
我把自己送上槍膛，開保險，預扣扳機
飛散遠方青青草地
維持一顆磐石應有的靜寂
任憑心中的部隊繼續踏步前進
那路儘管遙遠漫長，那個吻
高懸而永恆……

結實纍纍的夏日
誘使一切淪落墜地

開花性

大雨打濕了聊齋的長夜
俊美的臉孔毫無知覺
這時突然想起了性暗示
總是有人喜歡性
有人偏好暗示的部分

有多少次這健壯的枝梗
隱瞞了
無處投宿的慾望
有人輕問，可有旅店？
羞愧無地的時刻
連花帶夢，飛簷走壁
逃離困境

回到街道中

把褲子穿得很低很低
有什麼意念要露出來
卻又不能不掩飾
鋼骨硬起來
結構膨脹了
如果此刻有人輕問
可有溫泉？

大霧浮花中
靜夜裡的忍術
安撫著滾燙的流水聲
所有濕漉漉的果實
都因盛開引起

戰事

關於戰爭這事
老實說我一點準備也沒有
電影院裡砲彈總是正面飛來
敵人不斷擦肩借過
爆米花轟隆隆此起彼落
電玩裡孤身與百萬大軍對罵髒話
軍訓課兵敗如山倒頭呼呼大睡
生活雖然是苦戀啊
卻一點也不想和那些人
變成戰壕裡的愛侶
領空無限晴朗
只准棒球飛來飛去
褲底下千軍萬馬
嘿放心有我堅強地頂著
這是從未有一個軍事家能企及的偉大境界

不管你家的芭樂吃了會拉出子彈
還是他家的啤酒肚引燃了可以啟動坦克
喔，come on
英勇的戰士們都該健身去
我們拼命攻打的只是
一望無際，連神也無法明白的空蕩……
就讓那些和平鴿都停飛胖死好了
關於戰爭這事
遠遠比不上明天拂曉攻擊
誰又異軍早起，率先蹲踞了
馬桶，人生必爭之地

賽事

每一場並列死亡之組的攻防戰
我都輸你甚多
那些上帝之腳皆歇息了
留下凌空截踢後
滿地破碎的鏡片

每一波進襲攻勢的最終判決者
我皆敬你甚多
那些生命中的前十六強都已經盡力了
唯不盡的恩仇四年一度翻山越嶺
繼續遞來青春禁賽的紅牌

每一回脫下戰袍坦誠相見的假動作
我們都冒犯彼此甚多

那些比一生還漫長的對決皆遠去了
在不同的場合憶起倒掛金鉤的舊事
皮肉鬆垮的戰績表已經握腳言歡

每一個在你面前失足摔倒的日子
都值得紀念甚多
那些晴空草原上一望無際的腳印
曾在某些瞬間，又重新湧動起來
飛火流星接連在壯闊的十二碼外射穿天堂之門
你卻始終愛我不多

結婚十年的下午等待修理工人不遇

結婚十年風平浪靜
家裡什麼都敗壞了
花一整個下午等待修理工人
漁船經過島嶼在窗外浮出又沈沒
電腦螢幕保護程式裡海鷗突然停下來
這海岸線太長太悶牠再也不想繞圈
飛魚們奮不顧身無法衝出海面
門鎖鏽了鑰匙斷了用力撞門時整棟屋子同感痛楚
到了晚上電燈們繼續自己打開又熄滅
全家人摸黑吃飯伸手不見晚餐
看不到彼此是變胖了還是已經淹死了
結婚十年無數被獵殺的鯨豚，沈落海底的十字架
用魚鉤緊勒咽喉，沙灘上逐漸失去腳印
再多的城堡也堆疊不出一個勇敢的王子

公主嫁掉了童話故事永葬海溝
結婚十年夢見當時新居落成在颱風天閃閃發光
剛出生的小朋友尿濕了雨季
餵養過那些鱗片斑爛的浪漫
漏夜游過一陣又一陣的潮汐
醒來時發現雷聲已震死了海浪
憤怒涉入礁岩之間
一隻海蟑螂正踩著我們的臉
結婚十年打開窗戶，海景又被虛構
在戰火之中我們看球賽買玫瑰花
在疫區我們吃高熱量速食陌生人般擁吻
在災難現場我們攝影留念統計正確的傷亡數字
一片片撕著熱帶魚的屍塊：
「你恨我，你不恨我……」

像海底的惡靈不斷撕著我們漆黑的睡眠
結婚十年風平浪靜漁船經過了
我身上什麼都沒穿正正經經
如同一隻被救回來的美人魚坐在你面前
充滿走過黃昏市場買不到一顆落日的悲哀
聽海嘯靜靜地摧毀這個城市
我們相視而笑了
結婚十年一切都是因為
避過了大大小小的海龍捲與火山噴發
終於來到了這個不致滅頂的寫詩午後
約了修理工人
但我擱淺在馬桶上不斷拉肚子
結婚十年了就是所有的詩
都隨著馬桶蓋下的神秘洋流沖走了

風平浪靜
修理工人結婚去了
整個家都鏽蝕了
我們孤孤單單在海中央
前後茫茫，都是十年

流星雨

命運偶爾會夢幻地
飛來千百顆流星
卻只留下一片焦土

一開始是大象倒立，是獅子跳火圈
是魔術帽裡飛出來的鴿子
結束時，卻已不是我們的風格了

這個時節的河水是冰冷的

我們既不敢往下跳
又不知道如何
替自己的水族箱換水

當冒險的本身就像是
黃昏的船那樣在河面上遠去縮小
你失落的心情， 我想我瞭解的

一日所需

打開深夜的門窗
誰又在睹爛那些風景
不論什麼拿來磨練
就變成自己的鋒利

那位用什麼什麼名牌的姑娘
別走太快
穿著拖鞋的人
也可以為你唱詩啊
在這片令人飆淚的土地上苦苦壓抑
終於也有死忠樂迷出現

是這樣的時代
ＰＵＢ很正點，網際網路也很炫
但是那些暢銷排行榜

跟我有什麼鳥關係
是這樣的人生
必須折斷別人的槍桿
隆起自己的喉結

在倒彈十步的痛苦中
所有砸壞東西的人集合在一起
一肚子大便終於拉出來
罵完三字經一日所需
party更勝一場革命

沒有什麼大不了的
詩人還是流浪漢都一樣沒搞頭
就是手上拿著啤酒罐
一不小心當成汽油彈

倦極

我們總是那麼努力生活著
譬如清晨五點
鬧鐘的聲音破空而來，射中夢境
我們頹喪地枯坐床沿
窗外大霧瀰漫，光影蹣跚
我們的意志搖晃如一顆松果
墜落途中
終於又沈沈睡去

金箔般延長的夏天

彷彿又回到
勾肩搭背吃冰淇淋的學生時代
因為蹺了一堂爛課而感覺
整個夏天
皆被延長了一節課的時光，而深深感覺
這一輩子，都因多了這一小時的悠閒打磨
而熠熠生輝

疫狀

晴朗漏金的天空下
到處幽冥的疫區
躬身向
深埋在口罩之下的彼此
致意
當那些愛過的部分忍不住
都已經帶菌
入夜之後，頭頂三尺以上
最巨大一張X光片
依然運轉擴張
星河奔流，轉瞬
鬱滯成肺炎
我們咳嗽發燒的詩
被迫與祂隔離

年關

黑壓壓的生活
弓身坐起，千山萬壑
返鄉車潮湧現，高乘載管制
世界像是一艘船沈沒

你還相信年獸嗎？
不斷跟著你那隻就是。

堡壘

我還在此地默默散步
時而捍衛，有時敗退
這偌大的堡壘
封藏著琉璃粉碎的可能

這豪邁又幽微的建構
陽光曾經前來
探視過，意志一閃而逝
悲傷恆常做出決定。到處是
無處可去的夢之花粉
死神拉著一根弦
幻想出來的葬禮，雕像們
轉動眼珠，髮鬚翻飛

為了等待
一隻手和另一隻手交握
勇敢飽滿一刻的來臨

這是所以一觸即發的春帷裡
靜坐等待雨水淋漓，重生百穀
所以逆光祝禱那些枯葉落盡
卻仍有感覺的軀幹
任憑大鳥飛過，啤酒退潮過
時間的小偷已經來過

任憑整個帝國
不知覺穿過心中縫隙……
這是所以
流光緊扣最後一槍

而我還在此地默默抖擻、抵禦
時而無神，有時泛神
這偌大的堡壘
仍鋪滿金剛燦爛的不可能

假日花市

愛人是植物性的
每個假日
我跟著他的花粉飄散、降落
混入草木的遊行
屬於全世界的黑暗
無損於我們的趨光性
那些傳說中不見的花兒
原來一起躲到了這裡

整個寒涼的季節有時
就是一朵負傷的花
有虛偽的蕊苞，也有投機的綻放
他要我儘管把野獸藏在心中
啊但願有朝一日縮小慾望
坐在美麗的盆栽下乘涼

那些無意間丟失的花兒
原來都躲在這裡

把一整座山谷的陽光
傾入對方的水罐中
將此肉身命名為幸福
任意臣服於一片不知名的新葉
花兒原來都被藏在這裡
我也願意是植物性的
每個假日跟他藤蔓互纏
一起埋下種籽
為了隨時會來臨的
大規模的盛開

齊聚在此用餐

假日的午宴
各取所需
我凝視鄰桌男孩的靈魂
宛若一個深淵
餐巾遙遠的那一角
有人說著笑話
說到我的夢時我哭了
沒事沒事，只是
生活不知覺
變成碎裂的，礁石奇多的海岸
未來與過去一箱箱
漂流在海面……
而今得以齊聚在此用餐

盡興看彼此
從容地舔食十根手指
這一刻，不論惡漢還是王后
所有的蝴蝶和蟑螂啊
都將同感飽足
誰知道百年後，我們會在
哪條魚的肚腹裡相遇呢
吃吧吃吧，一輩子
能為彼此服下多少快樂
嘔出多少憂傷？

到如今，即使是**最猥瑣的盜墓者**

也能帶給整個墓園喜樂
那最響亮的哭聲
總在最平凡的時刻，突然入侵
使你忍不住停下手邊任何事
甘願跑進黑暗的密室裡與所有屍體集合一起

我們赤裸的意志
猶漂流在時間的海面
遠方一座像是烏賊的火山
噴著黑蠻的灰塵
當作對我們的報應

公祭感覺

悉悉窣窣我漏夜來訪
這個葬禮
死者存活時未曾與我有過交談
而今逕自躺在彼處，屏息，光腳
繼續鍛鍊著，再不用想起稅單、退稿、八卦新聞
顯示更大一段嫌隙

親友的行伍於靈柩前哭得歪斜
拋下一切變成了大雨
惟我的西裝特厚超黑，毛髮隨幡旗聳立

悉悉窣窣昔日的情人和仇人們，也都來了
誦經聲響起那一刻，我們的確為自己痛哭
（想起這不是我們之間第一個靈堂了
幽危的愛之沿途，難以啟齒的病情進度

無數骨灰罈緊跟在後）
豈知明日墓穴裡
又將多躺一個誰？

葬禮陰魂不散糾纏我們的生活
什麼人死去了匡啷匡啷
電視、花市、今晚的菜色都可能受到影響
料想日後，輪到我死了
嘻嘻哈哈素未謀面的人前來參加我的葬禮
很抱歉，打擾你們的人生了
簡直莫名其妙

我想像我也將躺在那裡，黑漆漆地
如煙火耗盡，被隨手一丟的果皮
也許還起興作夢，也許還想偷偷翻身

那音樂與花是那麼不對勁
使我羞愧
（已被囑咐大寂大滅，不可再有掛礙）
他們是多麼害怕使我消失的那條路徑啊

牛頭馬面悉悉窣窣穿戴整齊
隨即就要漏夜趕路
（此去，就是一切從簡的地獄了）
恕我無法到門口揮手千山萬水送諸位一程
唉唉也請恕我不能
提出歡迎下回再來的邀請

父親的幽靈

1

那些，我從不肯跟他說的那些
他終於都知道了
一切想法幽靈都將聽見……
那麼祈禱就不需要了
喪歌也可以靜默了

2

一張無意卻非凡的黑白照片
父親的幽靈
飄蕩著，以神聖的品質
以對兒子的愛與恨
以整個家庭唯一犧牲者的假象，默默
成為詩人不願意承認的
精神力量之泉源——

由於對父親的幽靈之過度想像
試圖硬將其生前
從龐然的歷史憂鬱塊壘之中
拯救出來……

3

這樣的故事
已經謠傳幾百年了
從傾倒滿溢的人們的情感之中
企圖找到一個父親與一個兒子
一組我們可以指望的人物
關於愛與和平
如何共處於男子與男子之間
使吾輩不至因難以克服
代代流傳的無數父親之幽靈

聚合而成之一巨大的無期徒刑
徹底對自己誕生的廢墟，感到絕望
對自己作為一份禮物，忍不住羞恥
那種故事

4

依舊無法原諒我的
父親的幽靈
繼續停駐在我的頭頂，飄進我的詩句裡
我掠過坐在沙發上的父親
提早喚醒了他的幽靈
我夢想找到接近他的路徑
使他能夠真正屬於我
我無法原諒的

不耐地翻看報紙，按動遙控器
一個完全不了解我的父親
我夢想找到接近他的路徑
先他一步，讓他懂得吻我
讓我在末世無窮盡的悔恨降臨前
及時，原諒他的幽靈

5

父親幽靈們之長長的階梯上
還坐著一個幽靈的父親，之上還坐著
之上另一個，懷抱著更多悔恨的……
悔恨使他們遠離我們

而我深愛他們
還未變成幽靈前的男人

還未變成父親前的男人
還未被一整個文明強行從我心上抹去的那種男人

6

像是火一樣的父親的幽靈
引燃了我和他之間獨創的血緣關係
縱使被孤立在另一世界
依然可以在任何時刻，瞬間
目睹他的熾烈

像是海一樣的父親的幽靈
如果有些風浪是他將要面對
那麼也可能發生於
我的日常，這樣一口枯井
如何挖掘出我自己的靈魂

使他感到安全，溫暖呢？

那晚待在黑暗的房間裡
父親的幽靈試圖開窗
讓月光射進來
我就感受到了
一直以來我的精神力量
是父親的幽靈試著
彌補我這些年的不快樂
用他的幽靈相伴
彷彿再恩賜給我另一個靈魂
而那正是我極力反抗的。

7

假若我的兒子
永遠不會誕生了
我也將永遠不會變成
我父
屬意我的那種幽靈

那麼我會有另外的幽靈嗎？
每一個幽靈都冒著
但願活得比生前更有意義的危險
所以他們總在半夜的鏡子裡露臉
在荒廢的寓所裡呻吟
在長長的階梯之上，飄蕩著

以對兒子的愛與恨

是什麼引起如此傷痛？
升起如此憎怨？
我也試著反抗
夢想找到接近他們的路徑
及時，請那些幽靈原諒我

父親如同世人，卻不會原諒我——
為何他仍然認為
此後我的人生必須繼續
為他的幽靈負責呢？

不能原諒，在他還活著的時刻
就開始為他的幽靈賦詩的兒子

一個他所不能掌控的
兒子的幽靈。

這正是一直以來
我們讓彼此所擔心的啊。

國家圖書館出版品預行編目資料

精神病院 / 鯨向海著. ──二版. ──臺北市
：大塊文化, 2021 08
面； 公分. ──（walk；3）
ISBN 978-986-0777-21-5（平裝）

863.51 110010959

LOCUS

LOCUS

LOCUS

LOCUS